歌集 季節はめぐる風車

Moulin tournant en les quatre saisons

藤原和夫

歌集　季節はめぐる風車

目次

秋月の巻

冬雲の巻

はじめに

本書『季節はめぐる風車』は、私にとっての二冊目の歌集である。平成二十六年（二〇一四年）九月に最初の歌集『道すがらの風景』を刊行したので、この第二歌集に至るまでに要した時間はほぼ一年ということになる。収録した歌は約五百首、短時日でよくもこれだけの歌を詠んだものと、われながらその持続力に驚きの声をあげたい気分にとらわれる。もちろん、この間には歌心がこんこんと湧き出たときもあれば、いかにか歌心が枯れかかったときもあったが、そうした創作気分の浮き沈みをつらつら思い返してみると、今にして私の口から「一栄《いちえい》一落《いちらく》これ春秋、わが歌心、途切れることはなかりけり」といった戯作めいた文句が飛び出してくるのである。

＊

さて、第二歌集の特徴はどういったところに求められるか、それについて以下四点にわたって述べていくことにする。一つ目は、すでに述べたように、作歌に要した時間がきわめて短かったという点である。前作の〝あとがき〟において私は次のように記した。「本書は私にとって初めての歌集である。……『最初にして最後の歌集』という文句がちらちらして、だれぞの弁を借りれば処女作にして遺作ということになるかもしれないとの思いは強い。とは言ってみたものの、本書を編みあげていく過程で短歌をつくることの楽しさ・厳しさ・嬉しさ・難しさを覚えたので、この先も目にとまった素材を拾いあげ、それにふさわしい文字を選び、いろいろ案配しながら一つの型に嵌め込んでいくという作業を続けるような気がしている」と。

はたせるかな、そのとおりになった。いちど習いおぼえた手練手管は、さらに磨きをかけたくなるもののようで、先にちょっと格好をつけて遺作になるかもしれないと言ってみたものの、遺作どころの話ではない、第一歌集が出たあとも、私は営々として歌を詠み続けていたのである。歌を詠むという営為には、精神を浄化させるある種の力が備わっている。陶酔させる力といってもよいが、詠めば詠むほどに少しずつでも技量が増していくのを実感することができ、それがまた詠み手を歌の世界へ奥深く引きずり込むのである。「玉磨かざれば光なし」という格言はここでも生きていたというべきか、磨くという行為に怠りがなければ、玉の発する光量はおのずと増していくものなのであろう。昔からよく言われてきたように、詩歌は恐ろしい力を秘めており、その魔力にいったん嵌まった者は、そこから逃れることは決して容易ではない。良い作品を得られたときの喜悦、逆に良からざる作品しか得られないときの落胆、こうしたものが常に交錯する。魔力は払っても払っても体に巻きつく蜘蛛の糸とでもいえばいいか、そう、あえて毒々しい表現を使えば、朝露に妖しく光る女郎蜘蛛の糸のごとしなのだ。これに粘りつかれた日には、天の下の小昆虫にも比すべきわれらの体躯では、その身をいくら捩《よ》じろうとも、もはや逃れることはできない。

考えてもみよ、この蜘蛛の糸にからめとられて命を削った者が、古今東西いかに多いことか。アポリネールしかり、ヴェルレーヌしかり、ヘルマン・ヘッセしかり、西行法師しかりである(いずれも本書において引用歌あり)。このような赫々たる才人を並べたあとで、私自身の名を持ち出すのは恐縮のいたりであるが、ともかく「短歌をつくることの楽しさ・厳しさ・嬉しさ・難しさを覚えた」私をとらえたのも、こうした朝露に妖しく光る女郎蜘蛛の糸であったと言うことができるかもしれない。苦しいけれども楽しい、痺《しび》れるけれども嬉しい、まあ平たい言葉でいうと一度やったら止められない、これがわずか一年という短時日で、私をして五百首の歌を詠ましめた原動力であったということになる。

ここはひとつ古来、和歌の本質について語った有名な言葉に耳を傾け、あらためて歌の魅力を噛みしめることで、心を落ちつかせることにしよう。古今和歌集の冒頭に掲げてある選者・紀貫之の文章である。「倭歌《やまとうた》は、人の心を種として、よろづの言の葉とぞなれりける。世の中にある人、ことわざ繁《しげ》きものなれば、心に、思ふことを、見るもの聞くものにつけて、言ひ出だせるなり。花に鳴く鶯、水に住む蛙《かはづ》の声を聞けば、生きとし生けるもの、いづれか歌をよまざりける。力をもいれずして、天地《あめつち》を動かし、目に見えぬ鬼神《おにがみ》をもあはれと思はせ、男女《おとこおんな》の仲をもやはらげ、猛《たけ》き武士《もののふ》の心をも慰むるは歌なり」(『古今和歌集』仮名序)。

*

二つ目は、時間の枠どりが前作『道すがらの風景』とは違っているという点である。前作においては、私はそれまでに辿ってきた人生の道筋に沿って、そのときどきの歌を詠むことに腐心した。いわば時間の縦軸に寄りそいながら作歌したのであるが、本書ではタテではなくヨコ、いわば時間の横軸を設定し、それに寄りそいつつ、その周辺にただよっている事象を歌として詠み込んでいる。ここでも前作から文章を引いておこう。〝はじめに〟の部分で次のように記している。「私は六年前に評伝『追想のツヴァイク』を刊行して世に問うたが……資料的あるいは言語的な制約もあって、どうしても表面をなでるような感覚におそわれた。いわば靴の外から痒いところを掻く〝隔靴掻痒〟の感を免れることができなかったのである。そこで生じたのは、私自身の履歴に関する文章は書けないだろうかという欲求であった。……その際に、叙述の手だてとして有効だろうと思われたのが、きれぎれの場面を手短に書き継いでいく短歌という形式であった。みずからの目でみた風景、それにまつわりついている感情、起居をともにした人々の姿、学校教育を通して沈殿されたもの、こういったものを書き留めておこうというわけである」。

そう『道すがらの風景』は、時の流れに即応して綴った短歌形式での個人史なのであって、何よりも私的ストーリーを社会的背景をからませながら歌に詠み込んだところに特徴があった。まず冒頭でおのが誕生について

「年の瀬の淡き光の晦日《つごもり》の　しじま破りて呱々《ここ》の声あげつ」

と歌い、つづけて学園生活の風景として

「海鳴りの故郷を出《い》でてはるけくも　二百里余のはて学都に着けり」

と詠み、さらには還暦をすぎた現在の心境について

「命のあかときから六十年余　わが身に迫る黄昏《たそがれ》のとき」

と詠んで、全編のおしまいのページを締めた。

それに対して本書『季節はめぐる風車』では、そのタイトルから察せられるように、時間の枠をわずか一年間に限定し、そこでの生活空間に散らばる歌を集め、春夏秋冬という四つの季節それぞれにおける旅先での感慨および日常の起居にまつわる歌を並べている。「春風の巻」「夏草の巻」「秋月の巻」「冬雲の巻」という

四部構成。つまり時間のスケールとしては、前作が六十年余にわたるのに対して、本書では一年という短い期間にしか及んでいない。もちろん、一年間という枠から若干はみ出した旧聞や回想に属するものも含まれているが、それは詩的真実に照らして、さほどの誹《そし》りを受けるような〝はみ出し〟とはならないと信じている。したがって、ちょっと唐突の感はあるが、ここで言語学での概念をアナロジーとして使うならば、時間の縦軸にそってまとめた前作は、通時性（diachronie）の、そして時間の横軸にそって並べた本書は、共時性（synchronie）の歌集ということになろう。

なにやら話が難しそうになってきたので、この辺でもとに戻して、具体的な内容について述べていくことにしたい。春夏秋冬それぞれの巻のはじまりのところには、以下の歌を掲げている。

「わが庭に春来にけらしゆすら梅　うすくれないの彩《いろど》りそえて」

「夏草の生《お》いや茂れる岨道《そばみち》を　のぼればやがて山の背に着けり」

「手を休めかぐろき空に目をやれば　げに皓々《こうこう》たり十六夜《いざよい》の月」

「から風に銀杏《いちょう》葉まかれて落ちてゆき　痩《や》せばむ枝に冬立ちにけり」

そして各巻には、そのときどきに敢行した旅についての歌がかなりの数で配列されている。ちなみに、過去一年間の旅行の記録およびそれに関連して収録した短歌数は、以下のとおりである。

①奈良旅行――平成二十六年十一月（平城宮、吉野山）
　秋月の巻「吉野路」として詠歌、四十三首を収録
②長野旅行――平成二十六年十二月（姥捨山、善光寺）
　冬雲の巻「信濃路」として詠歌、四十四首を収録
③八戸旅行――平成二十七年五月（下北半島、蕪島）
　春風の巻「海猫島」として詠歌、十九首を収録
④銚子旅行――平成二十七年八月（利根川、犬吠埼灯台）
　夏草の巻「犬吠埼」として詠歌、十八首を収録
⑤北陸旅行――平成二十七年九月（兼六園、武家屋敷）

秋月の巻「城下町」として詠歌、二十四首を収録

それにしても、このように記録を並べてみると、われながらよく旅行したものだと感じ入ってしまう。やはり昔から言われているように、旅は歌心をそそるものであるらしい。歌をつくりたくて、旅に出るわけではない。しかし旅を終えると、どうしてもその喜びや驚きを形象化して、短歌として残したくなるのであって、それが溜まりに溜まって本書『季節はめぐる風車』ができ上がったといっても過言ではない。また旅の歌のほかにも、日常生活の点描として例えば「同窓会」「戦史跡」「家族点景」「将棋盤」という各節に少なくない数の歌が掲げられており、それらに目を通していただくと、おのずと私の一年間の生活のありようが浮かび上がってくる仕掛けとなっている。

＊

三つ目は、歌の語法に関する話である。はて歌の語法とは何ぞや、いきなり生硬な言葉が出てきたと感じられるかもしれないが、要するに作歌にあたって、どのような言葉を使い、どのように表現していくかという問題である。ちょっと畏

まった言い方をするなら、古典性をとるか、それとも現代性をとるかという二項対立的な議論になるが、まあ簡単にいえば、私はどのような歌を好んでいるか、どのような歌を美しいと感じているかということに尽きる。まず手始めに、近ごろ目にとまったいくつかの作品を取り上げ、そこで私が何を感じたのか述べていこう。朝日新聞の月曜日朝刊で大きなスペースを占めているのが、定評あるとされる「朝日歌壇」である。私も自身で歌をつくるようになってから、この欄を読むように心掛けているが、つい先ごろ平成二十七年秋、そこに次のような作品が載っていた（あえて作者名は伏せておく）。

「ものすごく頭にきたのでものすごく　丁寧な字で手紙を書いた」

「特攻は命じた者は安全で　命じられた者だけが死ぬ」

仄聞《そくぶん》するところ、歌をつくる者にとって、この歌壇に自作が採用されるのは大変名誉なことであるらしい。選者はこれらの作品を〝良し〟として採用したのであろうが、はっきり申し上げて、散文とも見紛う文字列ゆえ、私にはどうしても群を抜いた歌とは思われない。また現代歌人協会が主催する全国短歌大会（第四十四回）ついても、似たような印象を受けた。先日発表された入賞作は以下のとおり。

「はねあげた水のごとくに影が降り　逃げた小鳥は数へられない」

現代短歌における秀歌というのは、こういうものなのであろうか。たしかに物の動きを一瞬にしてとらえた鋭角的な歌だとは思うけれども、語尾の「数へられない」というところに、私などはいささか違和感を覚えてしまう。いや逆に、この部分の現代性を評価されての入賞ということなのかもしれない。そうしてみると、もっぱら古今調を愛《め》でている私の感覚はもう古いということになるのだろうか。私とても「きれいな語彙を使って、きれいに配列したものが秀歌」と考えているわけではないし、よく短歌入門書などに書かれている「技巧よりも感情を大事にせよ」という〝格言〟を知らないわけではない。とはいえ、千年以上もの永い伝統を有しているわけだから、やはり短歌には短歌としての芳香みたいなものを滲ませてほしいわけである。

短歌それ自体を、料理を盛った一つの折詰にたとえるなら、言葉は容器、感情は食材という関係が成り立つだろう。食材だけがよくても人の気をひく折詰とならないのは自明の理、やはり容器についても、せっかくの食材を引き立てるような形状・色彩・空間構成についての配慮がほしいとしたもの、どうも最近は、容器には頓着しない、食材さえよければそれでよしとする傾向があるやに見受けられる。うむ嗜好が合わないなあ、そう感じた私は、引かれ者の小唄ふうに「紙面には／今ふうの歌／おおくして／わが志操とは／ちと異なれり」と呟きながら、さらに「流行《はや》らない／と言われかねない／擬古体と／物語性を／われは好めり」と唇をふるわせるのである。参考までに以下、鳥を題材とした先人の歌を二首引いておくが、このような伝統味を残しつつ、ゆったりとした雰囲気を漂わせた歌こそ、私の好みに合致している。

「草に臥《ね》ておもふことなしわが額《ぬか》に　糞《ふん》して鳥は空に遊べり」（啄木）

「玉ひかる純白《ましろ》の小鳥たえだえに　胸に羽《はね》うつ寂しき真昼」（牧水）

もうここまで書けば、おのずと明らかであろう。私の繰り出す歌、つまり本書『季節はめぐる風車』は、一応その「うまい」「へた」は措いておくことにして、現代性よりも古典性のほうにより重きを置いているということが。ただし、本書『季節はめぐる風車』においても、現代性の味付けをした歌が皆無というわけではない。一方に偏して単調の弊におちいるのを避けるには、対極的な要素を折り込むことも、ときには必要となるからである。例えば以下のような歌である。

「やめろやめろ所詮《しょせん》わっぱの奇天烈《エクセントリック》で　荒唐無稽《サイケデリック》なおとぎ話さ」

（春風の巻「閉伊川」）

「わが輩はジルバやルンバは知っておるが　ラップ音楽はちとわからないな」

（秋月の巻「家族点景」）

＊

さて、本書の四つ目の特徴として挙げられるのは、物語性を盛り込むような形で歌を配列したという点である。これは、個別の歌をどのように評価するかという問題に深くかかわっていると思われる。「この作品は優れている」「いや劣っている」といった優劣の判定をくだすとき、その判定はどこまで有効性をもちえるかという問題でもある。ひとつひとつの歌はどこまで独立の存在たりえるか。例えば、先に引用した短歌大会の入賞作「はねあげた／水のごとくに／影が降り／逃げた小鳥は／数へられない」についていえば、この歌をとりまく前後の状況がわかれば、あるいはもっと理解が深まるかもしれない。どうして詠み手はそこにいたのだろう……逃げた小鳥はどうなったのだろう……逃げたのは小鳥ではなく、詠み手の何らかの情念だったのではないか……。そうした追加情報が加わることで、この情景はより鮮明となり、歌のもつ訴求力がいっそう増すということも考えられる。

短歌というのは、基本的に五七五七七というわずか三十一文字からなる言語芸術である。この小さい文字空間のなかに、詠み手の目に映じた情景なり心の動きを閉じ込める、いやもっといえば森羅万象の世界を閉じ込めるわけだから、どうしても窮屈な感じを抱かせることがある。逆にいうと、歌をひとつまたもうひとつと積み重ね、あたかもそこで物語をつむいでいくかのように相互連関的に配列していけば、窮屈な感じは解消され、その表現の幅はぐっと広がっていくことになるのではないだろうか。それが、本節の最初に掲げた「物語性のある歌の配列」

という意味である。

たしかに世の中には、さながら単独峰のように、他を圧して屹立《きつりつ》している歌もある。例えば、たびたび同じ歌人名を出して恐縮であるが、「やはらかに柳あをめる北上の　岸辺目に見ゆ泣けとごとくに」（啄木）や「幾山河《いくやまかわ》越えさり行かば寂しさの　はてなむ国ぞ今日も旅ゆく」（牧水）などは、有無をいわせない優れた歌だと認めなければならないだろう。そうではあるが、啄木のこの歌にわれわれが共鳴するのは、それを取り囲むように『石川啄木歌集』に配列されている数多くの望郷の歌を知っているからだろうし、また牧水についても、彼が多くの失意の旅を重ねたことを『若山牧水歌集』の読者としてすでに知っているからだろう。つまり、そうした〝名歌〟を支えているのは、その前後に配列されている〝目立たない歌群〟ということが言えるのではないか、単独峰のふもとに広がっている小さな山々という言い方も案外、的はずれとは言い切れないとしたものである。

では、これまで述べてきた物語性を盛り込んだ歌の配列とやらは、本書『季節はめぐる風車』においてどう展開されているか、それを以下に示しておきたい。ひとつの例として、秋月の巻「吉野路」の歌群における起承転結のケースを取り

上げる。まず「起」としたのが
「いくそたび夢の通い路となりにけむ　吉野《よしの》の山に今われ来たり」
という歌である。そして「承」として
「後醍醐《ごだいご》も大海人皇子《おおあまのみこ》も知らしめし　この地に錦の御旗《みはた》かざして」
と続けたところで、「転」として
「落ちてゆくただ谷底に落ちてゆく　木の葉はさびし先帝にも似て」
を提起して、おしまいは「結」として
「紅葉《こうよう》の落ちゆくさまは人の世の　栄枯盛衰そのものにあらずや」
で締めている。その間に「つなぎ」として、いくつかの歌を差し挟んでおり、これらの一連の歌は、テーマを同じくする歌群のなかの必要不可欠な個別の要素として存在している。思えば、吉野路の旅は私にとって長年の夢であった。今から二十年前、この地にほど近い高野山を訪れたときから、ぜひ吉野も訪れてみたいと思うようになった。その夢が昨年ようやく叶ったというわけであるが、そこでもっとも強く印象として残ったのが、かの後醍醐天皇が起臥したという行宮《あんぐう》跡であった。後醍醐天皇といえば、歴代百二十人余もいる天皇のなかでも、五本の指に入ろうという日本史上の傑物である。それがどうしたことだろう、かつての名声が吹き飛ぶほどの驚くばかりの陋屋《ろうおく》、狭くて暗くて、もう畳も柱も朽ちかけていた。「こんなボロ屋に住んでいたのか」「権力を失うというのはこういうことなのか」というのが正直な感想。このときの驚きを短歌に詠んだのが、二十首からなる一連の歌群というわけだから、それらの歌はぜひとも一つのまとまりとして読んでいただきたいとするのが私の本願ということになる。

＊

以上、四点にわたって、本書『季節はめぐる風車』の特徴を述べてきた。これで私が言いたいと思っていたことはほぼ書き尽したようにも思うが、実を申せばまだ言い残したこともある。短詩型芸術の評価をめぐって挑発的な言説をなした桑原武夫の「第二芸術論」、あるいは私が自身の歌集のモデルの一つにしたいと思っている歌物語の典型としての『伊勢物語』にも触れるつもりであった。しかし、これ以上引きずるとあまりにも肥大化してしまう恐れがあるので、それはまた別の機会にゆずり、当初の目的をひとしきり終えたところで、この「はじめに」については擱筆《かくひつ》することにしたい。

藤原和夫

（イラスト・徳永勝哉）

春風の巻

〔東京桜〕

わが庭に春来にけらしゆすら梅
　うすくれないの彩《いろど》りそえて

ゆすら梅ふわりと揺れて風やさし
　時おかずして庭に散りぼふ

だしぬけにぼとりと落つる椿花《つばきばな》
　落つるも咲くも派手なふるまひ

東京都世田谷区

掃き清め掃き清めして椿花《カメリア》よ
散り尽くした日には冬は去りなむ

うちつけに春のけはいを知らばやと
近き園生《そのふ》にはや出かけたり

梅林おやもう啼《な》いている枝先の
姿みめよき春告げの鳥

さえずりの初音《はつね》やさしき鶯《うぐいす》よ
めぐる季節の使者《ヘラルド》にやある

ヴィヴァルディの「四季」にも比《よそ》へるその調べ
耳になじめば春は来たりぬ

風車《かざぐるま》くるくる回る今日もまた
春は春とて時《とき》つ風うけ

嗚呼われ六十五たびの春迎えんか
花はとりどり心うきうき

花ひらく桜並木を見まほしや
発泡酒なぞちょい舐《な》めながら

桜の名所・東京工業大学

楽しかりし去年《こぞ》のおもいで大岡山《おおおかやま》
　わがもつ杯に花びらの落ちて

理化学の殿堂うづむ桜花
　おもしろきかなその取り合わせ

混凝土《コンクリート》の海になづさふ東京は
　思いのほかに草木《そうもく》の多き

待ちにまち満開の日にはどこ行かむ
　多摩の堤か千鳥ケ淵《ちどりがふち》か

目黒川《めぐろがわ》そのかみ泥川と呼ばれしも
いまでは花見の名所となりぬ

みごとなり岸辺にならぶ桜樹の
雲居にまがう真白き絨毯《じゅうたん》

八百本の染井吉野《そめいよしの》のおちこちに
見えつ隠れつ目白《めじろ》かもあらめ

思いみよ桜みつめる客の多きを
人の花見か花の人見か

晴れわたる弥生《やよい》の空の花びらの
そよぎを愛《め》でつ妻とふたりで

蕗《ふき》の薹《とう》のてんぷらを食《お》す楊枝もて
あつあつにして苦旨《にがうま》き味

ここかしこ川面《かわも》に散らふ花びらの
渦輪となりて春はすぎゆく

胸あつく水景色みたり今春《このはる》も
わが人生の少なしを思《も》えば

〔同窓会〕

暮れてなお銀座の町は人だかり
　会場《あてど》をさして掻きわけ進む

同窓の仲間《どち》との再会この夕べ
　せく足どりに気を引きしめつ

街の灯にぼんやり浮かぶ友の顔
　みゆき通りの居酒屋の前で

卒業からずいぶんたったね友垣よ
　さあ始めよう酒神《バッカス》の宴を

かろがろと五十《いそ》の年月《としつき》とび越えて
　酒杯片手に語らく楽し

ひとりずつ近況告《の》らせとの命《めい》ありて
　車座のどよみはた静まりぬ

幾たりの口より出《い》づる旅先の
　華《はな》ある地名すこぶる驚たり

紐育《ニューヨーク》・香港・印度・巴里《パリ》・倫敦《ロンドン》
　その足跡のげに広きこと

天地《あまつち》はいかにか狭くなりにけむ
　極地をめざす友あるを知り

おお友よ羨《とも》しくもあり寂しくも
　洋行のなき我にしあれば

かくなれば起死回生の我ゆくりなく
　地の果てをこえ宇宙《そら》めざそうぞ

酒杯《さかづき》をひとつ干してはまたひとつ
　轄達《かったつ》の談に心はおどる

還暦を過ぎてマラソン始めたとか
　すごいじゃないか友の顔ほころぶ

砂漠化と嘆きたもうな好男子《いろおとこ》
　毛髪のうすき自嘲をこめて

髪の毛は衰えにけりないたずらに
　手枕《たまくら》かさね夢見せし間に

本歌「花の色は移りにけりないたづらに
わが身世にふるながめせし間に」（小野小町）

この歳でもう毛無《けな》しあいはやめようぞ
禿増《はげま》してこその男の友情

うま酒も二つ三つとて重ねれば
本音ちらほら思いは千々《ちぢ》に

四十半ば男の厄年《やくどし》わかれ道
あれから君は虹を見たかい

若くして財をなしたる大尽《だいじん》は
豪気ふりまき呑舟《どんしゅう》の魚

淫の池《ち》にどっぷり浸る友といて
言葉からまわり欠伸《あくび》こらえぬ

道なかば産業戦士Aくんは
左遷ものかはおっとりのふぜい

業界の醜聞《スキャンダル》とりどり聞くにつけ
Bくんのかかわりなからめと願ふ

外見《そとみ》には筋骨隆々のますらおが
見かけによらず恐妻家なるべし

伝えきく才色兼備の令夫人
　いまや非運をかこつ身とかや

結婚は苦なりやそれとも快なりや
　見いだしがたきアリアドネの糸

盞《さん》すでに七つ八つと重なりぬ
　難破のきざし酔いどれの船

つつがなく同窓会おえ帰り道
　佳人《かじん》との語らい尽きることなく

こころよい陶酔のうちに果てるとも
はて気がかりは姿みせぬ友

今はむかし詩人めざした友ありき
寸暇《すんか》おしみて歌ものしたり

若き徒のただひとすじの蜘蛛《くも》の糸
すがるに細き詩人への夢

人界《じんかい》のあまたの塵芥《じんかい》を背に受けて
金剛石《ダイヤモンド》のゆめ玻璃《はり》となりけむ

忘れまいやつが妖怪と化した日の
　悲しみまじりの深い驚きを

ひびわれた友情どろまみれの仁義
　ぽっかり空いた心なんとせむ

胸のうちなぐさめかねつ軋轢《あつれき》の
　悲しみかかえ町を経《へ》めぐる

おお友よあの砂浜でもういちど
　「月の沙漠」を嘉《よみ》し歌おうぞ

〔閉伊川〕

みちのく北上高原にて

なだらかな丘辺《おかべ》に光ふりそそぎ
若草もえる春は来にけり

草むしろ地には這《は》うもの梢には
行き交うものあり春風やさし

ねむたげな区界《くざかい》峠の昼さがり
陽炎《かげろう》ゆらゆら立ちのぼる見ゆ

山かげの野面《のもせ》に残るあわ雪は
　ぽとりと落ちてささ水となれり

さわらびの生《お》ふる水場につくばいて
　渇きをいやす水ひとすくい

ちょろちょろと草間《くさま》流るる細川《ほそかわ》は
　Y字なしつつ太川《ふとかわ》となりぬ

谷水は滝つ瀬となり瀞《とろ》となり
　小魚《いお》のうろくず光らせ流る

蒼黒《あお》くよどみて動《ゆる》ぐうねうねと
閉伊《へい》のながれは青竜に似たり

川べりの水面《みなも》にうつる丸き葉の
樹影のゆらぎにしばし見とれつ

身をかがめ水鏡《みずかがみ》してわが顔を
つくづく見ては過ぎし日を思ふ

いそいそと筏《いかだ》を組みて川下る
さても怪《あや》しき少年の夢よ

何ゆえにかくもとっぽい企《くわだ》てを
　早瀬もあれば堰《せき》もあろうに
活劇の「帰らざる河《リバー・オブ・ノーリターン》」を見てのちの
　余波にやあらむ脳足《のうた》りんのわれか
やめろやめろ所詮《しょせん》わっぱの奇天烈《エクセントリック》で
　荒唐無稽《サイケデリック》なおとぎ話さ
やんぬるかな露と消えにしわが夢よ
　ああ幻の冒険の旅

M・モンロー主演のアメリカ映画

またひとつい《》みじき記憶よみがえる
春陽《はるひ》に照れる吊《つ》り橋をみて

吊り橋のたもとで撮《と》りしひとひらの
写真の中のなつかしき君よ

山峡《やまかい》の沢より出《い》づるいさら川
おもい水ゆえ淵となりける

思い出のなかに著《しる》けく生きている
貴女《あなた》はひたに美しくありて

天に星地に山川があるごとく
　われの片方《かたえ》に君よあるべし

あるべしと呟《つぶや》きはすれど意のままに
　ならぬは骰子《さい》のぞろ目に似たり

流れさり帰らざるもの若き日の
　筏の夢と吊り橋の恋

つらつらと思い浮かぶは外《と》つ国の
　詩人が詠みしセーヌ河の歌

「流れる水のように　恋もまた死んでゆく
　L'amour s'en va comme cette eau courante」
（G・アポリネール、堀口大学訳）

花摘みも星占いにも興《きょう》わかず
君なくて行く土手の細道

わが恋は消え去りぬとも川岸に
春ぞめぐりて柳つのぐむ

満々と水たたえたる川すその
河岸《かし》にいならぶ舫《もや》いの釣り船

恐ろしやあの日あの時この河岸に
天魔の大波おし寄せるとは

三・一一東日本大震災

どす黒く渦まき逆《さか》しま流れさる
　人も車も家も堤《つつみ》も

河口《かわぐち》にこぼてる鉄橋の脚《あし》ありて
　大震災の傷なまなまし

四《よ》つ年《とせ》を経ても今なお置き去りの
　脚しらぬげに川は流れる

むきだしの躯体《コンクリ》の上に今日もまた
　鴎《かもめ》おり来てにぎやかに鳴けり

いくたびも津波よせくる三陸よ
　そは呪《まじな》いに満つ地にはあらずや
痴《し》れごとは休み休みに言いたまえ
　恵みゆたけし幸《さきわ》いの地と知れ
禍《か》ありても閉伊の流れがやまぬなら
　ふるさと永遠《とわ》にあれかしと思《も》ふ

〔海猫島〕

春雨のみちのくを行くとぼとぼと
岬のかたの蕪島《かぶしま》めざして

うらぶれた水産加工の作業場を
すぎて広がる海辺《かいへん》の光景

鮫《さめ》ケ浦《がうら》つきでた砂州《さす》のその先に
小さき陸塊《くが》のかの島はあり

青森県八戸市

草もえる片丘《かたお》に群れる海猫《うみねこ》の
　数の多きにただただ驚きぬ

おお鳥よ黄の嘴《くちばし》で鳴く鳴く鳴く
　白き翼で飛ぶ飛ぶ飛ぶ

かたわらの案内所で傘貸し出すは
　雨よけにあらず鳥糞《ふん》さくるため

いやさてもヒッチコック「鳥《バード》」もかくや
　小さき島に三万羽とは

アメリカ映画「鳥」

みゃあみゃあと耳をつんざく鳴き声は
　けだしく我にかく聞こえけり

われらが先祖は百万年の昔より
　この地に住みて空を飛べりと

おおしかり人間《ひと》が住みつくはるか前
　遠祖《えんそ》の恐竜ここ闊歩《かっぽ》したれば

神社への階段わきに石碑あり
　そに刻まれし歌うち見やる

「唄に夜明けた　かもめの港　船は出てゆく
南へ北へ　鮫のみさきは　潮けむり」
（八戸小唄）

聞き覚えあるこの文句わが父が
　若かりしころ歌っていたっけ

昨秋に九十六となりしわが父を
　この春にわか認知症おそいぬ

何を聞いてもその答え春の日の
　かげろうのごとく宙を舞いたり

ひねもすベッドに臥《ふ》す見れば
　命の火消えかかると思わざるべからず

目の前に燃え立つ火あり燕島の
海どりたちのなんたる溌剌《はつらつ》

眩暈《めまい》すら覚えるほどの生の躍動《エラン・ヴィタール》
その欠片《かけら》だに父へ与えたし

小雨ふる砂浜に立ちて沖みれば
なじかは心に熱きもの満つ

立てば消え消えれば立てる水煙《みずけむり》
たまゆらの人の世そこに見たり

夏草の巻

〔陸中海岸〕

夏草の生《お》いや茂れる岨道《そばみち》を
　のぼればやがて山の背に着けり

背に立ちてはるかに見やる北東《うしとら》に
　目にも美々《びび》しき青海《あおみ》ひろがる

綿津見《わたつみ》のいやし求めていざ行かむ
　草に噎《む》せつつ一里の道のり

道の隈《くま》われの足もと音もなく
　這うものありて吃驚《びっくり》ぎょうてん

おおこれは派手なうわばみ山棟蛇《やまかがし》
　いぶせくあれど地の主なるか

くねくねと妖しく滑《す》べり舌をだす
　君はおどけた悪戯っ子《ファニー・スニーキー・ベイビー》ぞな

行く手にはひと飛びしてはまた止まる
　紋様みごとな甲虫ありける

紺の地に黄紋まぶした斑猫《はんみょう》ぞ
汝《なれ》がこたびの「みちおしえ」とは

ようように辿りつきたる崎山《さきやま》の
われ待ち受けし入江の白砂

潮の香がつんつんかおる磯《そ》に寄れば
波光のきらめき瞳《め》につき刺さる

水べりをか寄《よ》りかく寄る浜千鳥
餌《え》ばむ姿こそいとしくもあれ

桜貝あさりはまぐり帆立貝《ほたて》
くさぐさの破片《かけら》うら波にさやげり

四拍子《フォービート》の妙なる波音《なみね》われをして
ボサノバ佳曲を連想せしむ

沖をゆくポンポン船より煙いで
紺碧《こんぺき》の空に8《はち》の字を書けり

水底《みなそこ》に小さき牛の形した
あやし生き物はや見つけたり

A・カルロス・ジョビン「波」

はしなくも棒もて突けば雨虎《あめふらし》
紫汁《しじゅう》はなちて悶え苦しむ

なんしてこげな非道《ひど》いことするのかえ
昔のいたずら思い出したのさ

八月の三陸の海はのどかなり
一陣の風にはまなす揺れる

フランスの国旗のごとき夏景色
青海《あおみ》白砂はまなす赤し

風うけて楽しげに揺れる花びらを
見つめるほどに思い出も揺れ

はまなすの赤き花弁は乙女子の
あまき言葉いづ唇にも見え

たらちねの母にも似たる大海《おおうみ》よ
その辺《へ》にありてやは嬉しからざる

*

どこまでも山また山の街道は
九十九《つづら》に折れて峠にかかりぬ

岩泉街道の押角峠

寂しさもいや増しにけり峠みち
　廃線の駅舎みるにつけても

窓外に見えがくれする板葺《いたぶき》は
　歌人ゆかりの小学校なり

奥山で歌を詠みつつ教育に
　身をささげたる清廉《せいれん》胸うつ

宇霊羅《うれいら》のみねより落つる玉水《たまみず》は
　岩根うがちて地底湖つくりぬ

「みちのくの閉伊の郡は冷えしるく
　障子なき教室の寒さ思ふべし」（西塔幸子《さいとうこうこ》）

龍泉洞《りゅうせんどう》の歩廊まるみてほの暗く
吾《あ》のわずらいし耳道《じどう》にも似たり

鍾乳洞・カルスト・ドリーネ・つらら石
ああなつかしや地学の教科書

ぽとりぽと水滴《しずく》のたてる音律に
「ジムノペディ」を聴く心地ぞす

フランスの作曲家エリック・サティ

石筍《せきじゅん》よいかほどの時間《とき》かかりしや
膝丈ほどの背となるまでに

潮の香がいとど鼻つく鉄道の
トンネル多く海みえざりき

三陸鉄道北リアス線

平井《ひらい》賀《が》の防潮堤に寄する波
荒々しくもなつかしきかな

田野畑村の漁港にて

中学の同級生の住むといふ
磯辺の集落いま過ぎ去りぬ

無惨なり骨むき出しの震災の
爪痕にあらむ船人《ふなうど》の館《いえ》

一億年の記憶ひめたる白亜紀の
切岸《きりぎし》見つめる飛沫《しぶき》をあびて

僻地ゆえ疵《し》ともなりかねぬふるさとの
自然ゆたけきを財産《たから》と思ふべし

うすもやの帰京の朝を迎えたり
松籟《まつかぜ》の宿にかそけく目覚めぬ

〔八ヶ岳〕

真夏とて汗だに落《あ》えず八ヶ岳
　草にねそべる黒牛もわれも

雲は飛びああ清々《すがすが》しやゆばりして
　標高千メートルの草むらの道

谷間《たにあい》にひとすじの蝶道みつけたり
　深山《みやま》しきなみ揚羽《あげは》とびゆく

山梨県小淵沢にて

墨流蝶《すみながし》しろき花さく日だまりで
翅《はね》やすめたる見るもうれしき

ひかりさす隠《こも》り沼《ぬ》の縁《ふち》すいすいと
塩辛蜻蛉《しおからとんぼ》ゆきつ戻りつ

生けどりの雌《めす》に糸かけ揺《ゆる》がせば
こともなく雄《おす》ども寄せくるらむ

かいなでの罠《わな》に落つるこそ哀れなれ
そのからくりは美人局《つつもたせ》のごとし

ころりと騙《だま》されるべからず雄どもよ
　いつわりの誘い虫のみにあらず

弱き者なんじの御名《みな》は女なり
　笑わすなかれ逆もまた真なる

なわばりの巡視《パトロール》にはげむ鬼蜻蜓《おにやんま》
　ゆったり飛ぶは王者のふるまい

驚きぬ丸太小屋《ウッドハウス》の外壁づたう
　蜥蜴《とかげ》の背《せな》のそのあざやかさ

ささがにの糸よりかくる小屋の辺《へ》に
あかく玉なす桑の実しげし

熟《う》るる実は血のしたたりを思わしめ
苦き思い出ふとよみがえる

あやまりて彫刻刀を突き刺しぬ
血玉《ちだま》ふき出づその思い出が

土くれに蟻《あり》の行列みつけたり
先頭ゆくは斥候役《せっこうやく》か

ひそやかな斥候よりの言伝《ことつた》え
「すてきな宝を発見せり」と

報をうけ働き蟻はいそいそと
一列縦隊さあ宝の有《あ》り処《か》へ

汗ぬぐい歩みし野中の三叉路《みつまた》に
思いもかけぬ石碑《いしぶみ》たつ見ゆ

ふるき書に日本武尊《やまとたける》としるされし
かの英雄の碑たんぼ道のなか

日ざかりの甲州街道われらのみ
とぼとぼ歩む台ケ原《だいがはら》宿

甲斐駒《かいこま》のふもと流るる尾白《おじら》川
目にも綾なる渓谷美なせり

木の香みつ自然保護区《サンクチャリー》にこだまする
ヒンカラ声《ね》駒鳥にやあらむ

眼《ま》のあたり広がる蒼森《あおもり》その先に
三角屋根の蒸留所ありて

白州《はくしゅう》の清きしずくは時をへて
　琥珀《こはく》色づく火酒《き》となりにけり

駒ヶ岳どっしりと岩くら聳《そび》えたち
　あてなる名山の趣きそなふ

夏雲のなだれる山がわれを呼ぶ
　あの谷あの峰あの木の精が

〔戦史跡〕

七十回目《なそたび》終戦記念日むかえたり
遠い日の禍《か》にもの思う朝

折々に戦争記録をよむにつけ
人々の悲嘆に胸はふたがる

さてもなお艱難辛苦《かんなんしんく》に耐えにけり
資産なくしたわが父にして

平成二十七年八月十五日

今となりての種《たね》明かし大本営《だいほんえい》の
　定見のなさにすこぶる驚く

展望も兵站《へいたん》もなく前線の
　拡大はかるその野放図に

陸海の戦争遂行の要《かなめ》たる
　大本営のなんたる無茶ぶり

戦線はあたら四方《しほう》に拡がりぬ
　氷雪の野から灼熱の島まで

『日本軍の組織論的研究』（戸部良一ほか）

ペリリューやガダルカナルの緑陰の
　野末《のずえ》に埋もるる兵卒あわれ

ゆき迷う作戦立案の誤りは
　いずれの隈《くま》より生じたるものや

登戸《のぼりと》のけわしき野山路かけ上がる
　戦争遺産の矢印をみて

山稜を削りて平《なら》しし十万坪
　かつてこの地に軍施設ありき

川崎市多摩区の明治大学生田キャンパス

森かげにのどけく建てる館《やかた》こそ
旧陸軍の研究所なれ

通称・登戸陸軍研究所

今はしも資料館となりぬ館内の
展示にわれの顔色《がんしょく》は失せり

現在は平和教育資料館

この地にて秘密兵器の開発に
いと血道《ちみち》をあげしと知れば

奇なるかな風船を飛ばしアメリカを
爆撃せんとすその着想が

怪力の電波はなちて敵を討つ
気宇壮大もどこか面妖《おかしげ》

戦争の負の遺産とぞ言うべしや
毒物・偽札・謀略《スパイ》器材

狂気が狂気であらざる非常時の
人道無視こそ悲劇と言わめ

そもそも彼我《ひが》に戦力の差あるがゆえ
怪《け》しき研究《たどり》に取りかかるらむ

敵を知らず己《おの》れも知らぬ大本営
　ここに過《あやま》ち存すと言うべし

大本営の見通しのなき過ちは
　今のわれにも当てはまざらんや

はた思ふあれもこれもと手を伸ばし
　危うき淵に今われ立てるかと

勇みたち新しき領域《しま》に入らむとす
　わが戦略に憚《はばか》りなしや

「彼を知り己れを知らば
百戦するも危うからず」（孫子の兵法）

内心の声が聞こえる「ナゼキミハ
　ヒトツノミチヲキワメヌノカ」と

われはゆく新しき前線おし開き
　短歌なしつつ独語《どくご》も仏語《ふつご》も

しどけなく飛び散る言葉の氾濫に
　なべて収まりつくのかしらん

したたかに齢《よわい》かさねてフランス語
　錆びた頭《つむり》にたやすくは入《い》らじ

フランセーズ無理を承知の山越えの
　インパール作戦とならざらまほし

さりながらわが宿願を果たすには
　越えねばならぬ山にぞありける

西欧の歴史研究めざすなら
　必須なんめり独語も仏語も

たぶやかな備えがあれば憂いなし
　兵站に怠《おこた》りなくば前にゆけ

苦しみはいつしか楽しみに変わるらし
　新しき知を得たるその日には

翔力《しょうりょく》におのずと限りあろうとも
　われ阿呆鳥《あほうどり》どこまでも飛ばんとす

くれぐれも同じ轍《てつ》を踏まんことを
　過去まなばぬ者に未来なからむ

〔犬吠埼〕

照りつける駅前通りのタブの木に
群れる胡蝶《あげは》の青筋あざやか

敷石に落ちにし葉《は》くず南風《はえ》をうけ
くるくる回る風車のごと

目のまえに湛然《たんぜん》とあける利根川の
心もおどるなんたる広き

千葉県銚子市

対岸がぼやけるほどの真広《まひろ》ゆえ
　板東太郎《ばんどうたろう》と呼ぶもむべなり

太綱《ロープ》もて岸につながれ列なして
　すなどりの船しばし憩える

荒波に剥がれかけたる白塗装《ペンキ》
　漁労のきびしさおのずと語れり

町めぐり終えて岬に行かんとす
　モダンな駅よりレトロな電車で

なんとする電鉄本日不通なり
　老いた架線の切れしゆえとか

ああ鯛《たい》と思えばほんに海老《えび》かいな
　突発事《ハプニング》もまた旅のたのしみ

靴ぬぎて渚《なぎさ》を歩むたわむれに
　君ありてこその君《きみ》ケ浜《がはま》かな

夕涼みベランダに出《い》でて空みれば
　犬吠埼《いぬぼうさき》に浮かぶ満月

漆黒《しっこく》に立てる灯台の閃光は
　十数秒ごと闇きり裂けり

ぬれ煎餅《せんべい》こそ食わねども心地よき
　夢路をたどる旅荘のふしど

朝霧にまかれてそびゆ高塔の
　九十九《つくも》の螺階《らかい》あえぎて登る

三十海里《カイリ》先までとどく光源の
　小さき電球巨大《おお》レンズのなか

明治より常置《じょうち》せらるる灯台の
燈光《とうこう》大なり一つ端《はし》から

鄙《ひな》の地に文明開化の置きみやげ
先人の労苦《いたつき》しみじみ思えり

葡国《ポルトガル》との縁《えにし》がありて犬吠の
駅舎は奇なり南欧のふぜい

*

旅おえて疲れのゆえか節々《ふしぶし》に
痛みおぼえぬ頸肩腕《けいけんわん》の

日をついで背部《そびら》の痛みましにけり
二の腕に痺《しび》れ達するほどに

頸骨にゆがみを得ての痛さかも
思いあたるはあの日あの時

みしみしと肩に食いこむ長旅の
背嚢《リュック》の重き耐えに耐えれば

ややこれは腕が痺れて字が書けぬ
瞳《ひとみ》かすんで字も読めぬとは

日々《かが》なべて老眼の弊《へい》いやませば
　枕べの読書はたと減《め》りけり

夜も昼も矯《た》めつすがめつ辞書をみて
　老眼鏡いつしかプラス3となりぬ

指先に瘤《こぶ》できにけりこれをもて
　医者は呼ぶらしへパーデン結節と

患《わずら》いの原因《もとい》はどこにあるべしや
　永きにわたる飲酒のゆえとも

プリン体さけるに如《し》かずと焼酎《しょうちゅう》に
代えるも妻の薄わらいあり

年ふれば体の障《さわ》りおちこちに
老い避けがたくと気づかされぬ

食材に賞味の期限あるがごと
そが迫りくる我が身なるかも

寝返りも打てないほどの疼《うず》きあり
しかして今日こそ医院に行かむ

鎮痛こそ本務でありけれ整形医
7927071《なくになけない》つれなき診断《みたて》

古典音楽《クラシック》ながれる医院《クリニック》の長椅子で
暗いうめき《クライ》に耐えるわれかな

「頚椎炎まあ気長に治しましょう」
投薬しばし続けるべしと

かかるほど筋肉強化をはかるべく
運動館《スポーツジム》に通う身となれり

週四日泳ぐ泳ぐ泳ぐ走る漕ぐ
　いつしか痛み消ゆるものかな

九十度の蒸風呂《サウナ》に座して十五分
　しとどに落つる汗も憂いも

ジム通いもとの膂力《りょりょく》をえた日には
　また新しき旅に出《い》でなむ

暮れなずむ都会の空を仰ぎては
　まだ見ぬ山河に思いをはせり

秋月の巻

〔吉野路〕

夕さりて吹き入る風のすずしさよ
頁《ページ》くる手に秋は来にけり

手を休めかぐろき空に目をやれば
げに皓々《こうこう》たり十六夜《いざよい》の月

大衆歌の「月へ飛ぶ想い《フライ・ミー・トゥ・ザ・ムーン》」聴くなへに
新《さら》なる旅への思いせきあえず

はた雲のたなびく富士の山すそを
越えて「のぞみ」は西へ西へ

瀬田川の橋梁《きょうりょう》すぎればもう京都
乗り換えるなら奈良すぐならむ

さびしげに平城山《ならやま》の木立ち見えしとき
洩れ出づるあの旋律のせつなさ

そらみつの大和《やまと》の地には昔より
統《す》べる大王《おおきみ》の宮居ぞありける

「人恋うは悲しきものと平城山にもとおり
来つつ堪えがたかりき」（歌曲「平城山」）

おお広きかな広きかな千歳《ちとせ》を
　へだて復したる平城宮よ

天皇《すめらぎ》の坐《ま》しし玉座にあるぞかし
　いかで威光に畏《かしこ》まざらんや

ふとみれば大極殿《だいごくでん》の外壁に
　黒く小さく動くもの認む

亀虫《かめむし》よ汝《な》がつきたるは無礼《なめ》しくも
　きよし御殿の丹柱なるぞ

平成二十二年に宮跡復原

にわか雨さくる陰なし広庭で
　旅の衣は濡れるがままに

しとしとと降りそそぐ雨に畝傍山《うねびやま》
　泣けるがごとく橿原《かしわら》にたてり

見らばやと思いつづけし大和路の
　千木《ちぎ》の社殿は濃《こ》みどりのなか

山を見よ山は霧《き》らいて庭を見よ
　庭には玉砂利おくゆかしや

橿原神宮の内拝殿にて

ゆうゆうと社《やしろ》は立てり肇国《ちょうこく》の
　すめらぎまつる神武なる諡号《しごう》の
神日本磐余彦《かむやまといわれひこ》なる人物は
　実在せぬと学者は言えり
あなくすし在《あ》りもせぬものここに在る
　二千六百年の永き経てもなお
伝承を証拠《しるし》なしとて退《の》けるなら
　なにゆえに立つこの大社《おおやしろ》

思いみよこの深き崇敬心を
　歴史教育に欠落ありやなしや

旅荘よりふりさけ見れば雲はなみ
　二上《ふたかみ》のみね入り日に浮かぶ

あの峰に安んじて眠る大津皇子《おおつみこ》
　たばかりにまみれ悲恋のはてに

筆たてる学者の書きし小説の
　紙背からただよふ皇子《おおじ》の悲しみ

二上山の雄岳

折口信夫『死者の書』

長あるき体やすめる旅荘にて
夕餉《ゆうげ》で味わうまほろばの蘇《そ》

いくそたび夢の通い路となりにけむ
吉野《よしの》の山に今われ来たり

ゆく秋や今を盛りとほめきたる
金峯山寺《きんぷせんじ》に照り葉そよげり

陽だまりの行宮《あんぐう》跡で柿の葉の
寿司をほおばる歌碑をよみつつ

「わが宿と頼まずながら吉野山
花になれぬる春もいくとせ」（長慶天皇）

参道のそぞろ歩きはけだしくも
　英傑《えいけつ》の名を思い出さしむ

後醍醐《ごだいご》も大海人皇子《おおあまのみこ》も知らしめし
　この地に錦の御旗《みはた》かざして

宮居とて山峡《やまがい》にたてる安普請
　くずおれの館《やかた》に帝威はありや

うらさびし吉水《よしみず》神社の玉座の間
　所狭《せ》くして畳は朽《く》ちて

「ここにても雲居の桜咲きにけり
ただかりそめの宿と思ふに」（後醍醐天皇）

落ちてゆくただ谷底に落ちてゆく
　木の葉はさびし先帝にも似て

紅葉《こうよう》の落ちゆくさまは人の世の
　栄枯盛衰そのものにあらずや

ことごとに集《あつ》みて流らふ吉野川
　花も紅葉《もみじ》も敗者の涙も

仏蘭西《フランス》にヴェルレーヌなる詩人あり
　落ち葉にことよせ悲しみを歌えり

「げにわれは　うらぶれて　ここかしこ
さだめなく　とび散らふ　落葉かな
Et je m'en vais au vent mauvais
Qui m'emporte deçà, delà
Pareil à la feuille morte 」
（P・ヴェルレーヌ、上田敏訳）

権勢が常なるものにあらざれば
　滅びの美学あだにはすまじ

まつろわぬ者にこそ心ひかれるは
　おのが身過《みす》ぎのまつろわぬゆえか

吉野路はみわたすかぎり山ふかく
　その山かげにかの家《け》あるといふ

西行《さいぎょう》が結びし庵訪《と》いたくも
　あまりの奥山ふみ入りあえず

庵《いおり》あむ粋人はよよ多けれど
　かほどのみやま他になかるべし

桜木を愛《め》でつ歌仙に憂いなしや
　いかで過ごさむ山路の冬を

昼さがり腹ごしらえに茶屋に入り
　手打ちの蕎麦《そば》に舌鼓うてり

きりぎしの茶屋から向《むか》つ峰《お》ながむれば
　吉野の谷に風わたるなり

「さびしさに堪へたる人のまたもあれな
庵ならべむ冬の山里」（西行）

〔家族点景〕

伯父さんのからから笑いが好きですと
伝言《メッセージ》よせし姪《めい》の嫁ぐ日

いそがしや婚儀の朝の身だしなみ
髭そりおえてさあ礼服を

控え室やあ元気かいの声交《か》ひて
旧情あたためる場とぞなりける

秋ふかし親族《うから》つどいて言祝《ことほ》げば
椿山荘《ちんざんそう》は華やかなりけり

おごそかに祝言《しゅうげん》の誓いとりもつは
外国人牧師にて讃美歌を唱す

ややこれは新郎新婦ともどもに
足どりかるく現代舞踏《ヒップホップ》おどる

わが輩はジルバやルンバは知っておるが
ラップ音楽はちとわからないな

東京文京区の結婚式場

内輪での語らいの折りに一言あり
次なる挙式さあ誰某《だれそれ》ぞと

亭《ちん》にでて高き樹をみる滝をみる
すばらしきかな二万坪の庭園《オアシス》

梢には鵯《ひよどり》にも似た鳥ありて
鳴き声しばし吉兆《きっちょう》にやあらむ

この広き椿山荘はこわもての
明治元勲の旧宅と聞けり

陸軍元帥・山縣有朋

さてもなお一介の足軽出《で》の人物が
かくも豪奢な屋敷の主とは

功なりて爵位《しゃくい》えるほどの大出世
そこに維新の激動をみる

長州藩・下級武士・松下村塾・奇兵隊
明治維新・陸軍卿・総理大臣・椿山荘

＊

つくば峰《ね》にいよよ満ちたる七色の
光のなかに新しき声が

茨城県つくば市の産院

霜の朝おのこ生まるるの報ありて
　われは五たびの爺《じい》にぞなりける

少子化のながれに抗し五人目の
　孫を持ちたる「たいしたもんだ」

産衣《うぶぎぬ》にくるまれ稚児《ちご》はやわらかな
　母の御胸《みむね》でしずかに寝《い》ねり

しげしげと顔をのぞけば欲目にも
　美男におわすわが孫子《うまご》かな

日月《ひつき》はながれ三十年あのときの
赤子《あかご》が今や赤子もちとは

わが孫よ日菜夏《ひなか》七菜夏《ななか》に喜之輔《よしのすけ》
拓史《たくみ》と司《つかさ》みな元気かい

七五三結婚出産再就職
やけに今年は御祝儀《ごしゅうぎ》おおし

慶事《けいじ》ごと財布は軽《かろ》くなろうとも
幸《さち》の多きを良けくとすべし

母逝《ゆ》きて七度目の秋むかえたり
　いわし雲みるたび姿《なり》しのばれむ

ありし日の母の姿を思ひては
　慕わしの念うたた増したり

母とみた海辺の丘の山桜
　やがて狭霧《さぎり》に目かくしされて

夏の日の船越《ふなこし》海岸での貝ひろい
　うすべに色の桜貝あったよ

去《さ》んぬる夜たんとつくりしお稲荷《いなり》を
われは頬ばる運動会で

ひび割れた幼き唇《くち》に軟膏を
塗るる母の手木枯《こが》らしのなか

帰郷して墓参のごとに胸いたむ
板塔婆《いたとうば》の墨字かすむを見ては

わが父は介護施設をすみかとし
卒寿《そつじゅ》ごえの身ベッドに寄せつ

脈絡を欠くといえども楽しげに
語る父にし認知症あらば

来客の多きいささか困《こう》じたりと
ほこらに語るは幻《まぼろし》にあらむ

口をつく虚実まじりの長言《ながごと》に
われはただただ相槌をうてり

さる人の言葉かりれば父の血は
立っても臥《ふ》してもひたに眠れる

「一本の樫の木やさしそのなかに
血は立ったまま眠れるものを」（寺山修司）

ぼんやりと回想に沈む姿こそ
三十年後のわれにあるかも

父説《と》きて車椅子の散歩出《い》でぬれば
皺《しわ》たつ頰に赤味さしたり

道すがら児童公園に砂煙
もうもうと立てり盛岡の秋

〔回想夢〕

日しきりに追想やまぬ麗人《れいじん》と
契りし夢の消え失《う》せにけるを

夢枕ふと立ち出でしかの人の
献身の笑《え》み懐かしくもあり

青春のほろ苦きおもいで秋の日の
ゆくえも知れぬ恋草のそよぎ

茶湯会《ちゃゆかい》に招かれし日のうれしさよ
毛氈《もうせん》の手ざわり席入りを待ちて

茶筅《ちゃせん》もつ右手すこぶる震えたり
しおらしき乙女われへの点前《てまえ》で

昨夜《きぞ》にしもあしき夢みに汗かきぬ
消すに消せない青春の蹉跌《さてつ》

かくばかり墜落遁走《とんそう》金縛り
苦しみの夢え結ばじものを

桃太郎の宝船とはゆくまいが
楽しきことのみ枕べに出よ

*

久しぶりツヴァイクの作品とり出して
秋の夜長にひた読みふける

オーストリアの作家（1881-1942）

読みすすめ思わず口をついて出る
「うまい！」のひと言その筆さばき

海峡《かい》をゆく「マゼラン危うし」手に汗を
にぎる描写に時わすれたり

評伝『マゼラン』

S・ツヴァイクいまでは寡聞《かぶん》となりしかど
かつては隆たる人気作家《ベストセラー》なり

かの人の評伝いつしか書かまほし
わが四十五《しじゅうご》歳の見果てぬ夢

いそいそと資料集めの腕まくり
あちらの図書館こちらの古書店

ドイツ語をやり直さねばならぬぞな
学窓はるか難《かた》しくはあれど

そのかみは etwa と etwas の意味の差を
呑み込みかねつ我にあるかな

やがて知る語学習得《マスター》の要諦は
脳力よりも胆力にあると

何とても文意知りたしの肝《きも》あらば
おのずから意は分明《ぶんめい》となれり

ついに出た苦節十年わが著書が
頤《おとがい》に汗かほど流れしや

『追想のツヴァイク』（平成二十年刊）

わが著書をおさめる図書館の一隅で
　そを借るは誰じっと見つめる

ふいに鳴る出口で濡《ぬ》れ衣《ぎぬ》の警告音《ブザー》
　なんじ盗人《ぬすっと》にあらざるやだとさ

そこな君あだな褒辞《ほうじ》はよしとくれ
　切れば血の出る評こそ欲《ほ》りせば

〔城下町〕

暑からず寒からずはた湿《じ》めつかず
　こころよきかな秋この季節

意のままに「の秋」の上に文字を置け
　何を置いても収まりは好《よ》し

書を読みて秋刀魚《さんま》も食《しょく》して音《ね》楽も聴いて
　ここらで旅行の秋とまいろうか

読書・食欲・芸術・旅行

黄金《こがね》さく北陸の地がわれを呼ぶ
「かがやき」に乗りて加賀《かが》国へ行かん

秋ふかし曇りみ晴れみ遠山《とおやま》の
高き峰よりすず風は来ぬ

人また人ごった返しの金沢駅
関西弁もちらほら聞こえ

色づいた柿の実にふれる土塀ごし
武家屋敷小路《こうじ》ひろい歩きぬ

九谷焼《くたにやき》・金箔・漆器みるにつけ
　往時の茶屋のにぎわい偲ばゆ

浅野川ほとりに立ちて感あらた
　泉鏡花の狂気と妖気

泉鏡花記念館にて

文章道ただひと筋の芸のみち
　鏤骨《るこつ》のあとは今なお失《う》せず

因襲に取り巻かれたる彼にして
　想像力は妖気はらめり

美と惨は表裏一体とはいいながら
　銃剣一閃よくぞ血流れたる

三弦のひびき池辺で聴き入りぬ
　兼六園の星月夜《ほしづくよ》かな

「優雅だね」思わず洩らす呟《つぶや》きを
　聞いているのはお月様ばかり

案内図《マップ》では園内に池水《いけみず》おおくして
　かくも小高き丘とは知らざる

小説「義血侠血」

加賀と聞き思い出づるは一向宗《いっこうしゅう》
別院の壮麗さてもさても

浄土真宗東別院

ふと入りし香林坊《こうりんぼう》の食堂の
B級グルメほふほふ食《お》せり

この味に親しみにけるか旧制の
四高生《しこうせい》にぞ思いをはせる

石川門すぎれば青き空のもと
白壁はえる菱櫓《ひしやぐら》みゆ

金沢城三の丸

石垣の区々《くく》の趣きおもしろし
　切石《きりいし》積みも自然石積みも

広きも広き城まわり前田家の
　所領百万石もむべなるか

権力が目に懸《か》くかたち欲《ほ》りすれば
　かくも豪奢な城となりける

東京の駒場《こまば》に立てる洋館は
　大大名《だいだいみょう》の威勢いまにとどめむ

駒場公園内の旧前田伯爵邸

帰京後はあの洋館を訪《おとず》れもがな
自転車駆りて二十五分の

本郷の東大キャンパスも前田家の
上屋敷《かみやしき》なめり並み並みならず

冬雲の巻

〔信濃路〕

から風に銀杏葉《いちょう》まかれて落ちてゆき
瘦《や》せばむ枝に冬立ちにけり

にび色の舗道はみるみる金色《こんじき》の
じゅうたん敷いた玉鉾《たまほこ》となりぬ

身をかがめ落葉ひとひら手にとれば
小さき童《わらわ》の掌《てのひら》おもほゆ

じんわりと冷えの寄せくる冬の夜は
体ぬくめる酒精の力で

慕わしき牧水《ぼくすい》の歌よみながら
いつしか杯は頻《し》くしく重なりぬ

晩酌の酔いさまさんと庭に出《い》で
冷気に当たりここらで一ぷく

雲は飛びぽっかり空いた暝天《やみぞら》に
輝きわたる冬の星ぼし

「一しづく啜りて心をどりつつ
二つ三つとは重ねけるかも」（若山牧水）

さながらに豆電球の結び糸
　七つ星しかと柄杓《ひしゃく》に見えたり

その傍《はた》に紛うかたなくWの
　形なしたるカシオペアみとむ

満天に星は降るふるとはいかぬ
　までも東京の空の星影たのし

＊

はだえ刺す穂高《ほたか》おろしに襟をたて
　お城の町をゆほびか歩めり

長野県松本市

白壁の蔵づくりの店たちならぶ
進取と尚古《しょうこ》の中町《なかまち》通り

こくのある臙脂《えんじ》にかがやく松本の
民芸家具に目うばわるる

その値札しらぬが仏のゼロの数
あまりの高きに拳《こぶし》にぎりしめ

すばらしき匠《たくみ》のわざは信州の
木地師《きじし》の伝統を彷彿とせしむ

そもやそも暮らしの中に美をもとむ
民芸思想の影響あらんか

町なかをさらと流れる女鳥羽《めとば》川
そこはかとなく山の香《か》匂えり

にぎわいの縄手《なわて》通りの橋詰めに
なごみを誘う大蛙《おおがえる》つくばふ

木《こ》の暗《く》れのヒマラヤ杉の並木道
あがたの森に吹く風さむし

柳宗悦による民芸運動

四柱《しばしら》神社の蛙明神

旧制松本高校キャンパス

嵩《かさ》だかの黒々とした球果《たね》あまた
　古風《アルカイック》な学舎の軒下にあり

古きよき青春のほめき偲ばれむ
　旧制高校記念館にて

寮ぐらしさぞ楽しかろこめかみに
　汗流しつつ読む駆《か》け食べる

選ばれし者にむけての選ばれし
　教育そりゃいいに決まっとるがな

伝わりし松高生の蛮勇も
しょせん選良《エリート》の空騒ぎにみえ

アルプスの峰にかかれる白雲を
見つめるそばから胸は高鳴る

わが心《うら》の喜び悲しみほとほとに
海山川《うみやまかわ》につながるを知る

雲なれば弥《いや》がうえにも思い出す
ドイツ詩人の切々たる歌を

―・―

旅路にありて　久しくも
悲喜交々《こもごも》の　さすらいに
身を委ねつる　者こそが
雲の心情《こころ》を　知るべけれ

Kein Herz kann sie verstehen,
Dem nicht auf langer Fahrt
Ein Wissen von allen Wehen
Und Freuden des Wanderns ward

ヘルマン・ヘッセ「白い雲」より（拙訳）

―・―

珍しき高山蝶すむ信州は
　久しくわれの憧れの地なりき

上高地・穂高・乗鞍・蝶ケ岳
　いずれも好個の蝶産地《パラダイス》なり

ひと夜あけ深志《ふかし》のさとに小雪舞い
　松葉の白に旅情はふかし

雲ひくく雪の駅舎《ホーム》に立つわれに
　骨にもしみる寒さ寄せくる

ふいに見え篠ノ井《しののい》線の車窓より
伝説にみつ姥捨《うばすて》の山が

生きたまま老いた父母《ちちはは》捨てるてふ
棄老《きろう》のつたえ悲しかりけり

食物《おんじき》に限りあるゆえの口べらし
嗟嘆《かなしみ》とどめるこの山の名に

つらくとも六根清浄《ろっこんしょうじょう》となえつつ
死んで花咲く民こそ哀れ

「お姥《んば》捨てるか裏山へ　裏じゃ蟹《かに》でも
這って来る　這って来たとて戸で
入れぬ」（深沢七郎「楢山節考」）

捨てるもの捨てられるもの各々《それぞれ》に
苦しみの淵にいかばかり沈む

かむりきの峠すぎれば茫々《ぼうぼう》と
さらしなの野に雪景ひろがる

*

善光寺《ぜんこうじ》への坂道あゆむ冬の午後
参詣の人波ひきも切らず

本尊の善《よ》き光みつる寺なれば
善光寺の名さもありぬべし

「姥捨山」は「冠着山《かむりき》」とも称す

実際には開基の人名に由来「本田善光《よしみつ》」

本堂の黒びかりの廊下しずしずと
あゆみて思ふ祖師のいさおし

おもむろに闇をさぐくむ弥陀《みだ》のもと
戒壇めぐりは稀《き》にして喜《き》なり

光なき世はいかほどに恐ろしや
あらためて知る導火《ひ》のありがたさを

み仏の導きの灯火《ともし》あればこそ
老いも若きも安らけくあらむ

大ぶりの山門のぞみてうち休む
茶屋にてすする蕎麦の美味かな

参道のゆるき坂道に人だかり
七味唐がらしの老舗《しにせ》のありて

夕日さし戸隠《とがくし》の峰に雲かかり
神州《しんしゅう》の時間《とき》そと流れゆく

〔短歌詠〕

ふと浮かぶ言葉を帳面《ノート》に書きとどめ
そこばくの歌われ作らんとす

定かなる選択《セレクト》も配列《アレンジ》もあらなくに
単語のきれぎれ脳内めぐる

譬《たと》えれば月の光がするすると
脳壁《なづき》のへりに差し入るがごとし

わだつみの舟人《あま》に今われ似たるかも
言葉の海ですなどりしたれば

言詞《ことば》よし係り結びよし詩想よし
これでかつがつ一首となるらむ

こんこんと湧きあがる仮象《イメージ》ひと晩で
十余《とあま》りの歌われものしたり

昨日《きのう》よりいかほど前へ進みしか
今日詠む歌のその出来《でき》ばえは

書きためし五百首とりどり差し並べ
書物ひとまき編《あ》まんと欲す

わが歌集日《ひ》の目《め》をみたり平成も
二十六かぞふ菊咲月《きくさくづき》に

出しにゆく贈本の重さ手にずしり
おちこちに住む旧友のもとへ

友からの返信ちらほら届けども
わが著への反響なべて少なし

平成二十六年九月『道すがらの風景』刊

評なくを寂しと思う日にありて
　君が便りに励ましを得たり

葉書には「溢《あふ》れるばかりの言葉の
　豊かさに感服しました」とあり

まめやかに力添えいとわぬ友もあり
　ありがた山はいよいよ高し

わが歌に興を抱かぬ人ありて
　いぶせくもあれ歌なき人こそ

嗚呼やだやだ文学青年が手にもてる
その物差しのその狭量が

なつかしき恩師に歌集を献ずるも
返事これなく洋梨《ようなし》のつぶて

閻魔《えんま》のごと我をさんざん懲《こ》らしたる
かの人の姿いま見るべくもなし

歌詠むは悲しからずや詠むほどに
鼻白ませて遠ざかる人あり

大空をすいすい滑《すべ》るつばくらめ
わが行く道を教へあらなむ

*

活字よむ一日のわざなし終えて
楽の音《ね》きくを習慣《ならい》となせり

宵々《よいよい》に佳曲の陶酔にひたりたし
命の水《オー・ド・ヴィー》など舌ころがして

ざわめきの心根ようよう鎮まりぬ
バッハの調べ半刻《はんこく》きいて

宗教曲「マタイ受難曲」

モーツァルトまことの天才さみだれの
降るがごとくに旋律《メロディー》うかぶとは

ふるさとの今はなき家《け》を思うとき
耳朶《じだ》をかすめるドヴォルザークかな

交響曲「新世界」の「家路」

楽曲は数々あれどふと浮かぶ
旋律をこそ名曲と言はめ

悲しいときは「上を向いて歩こう」
頬《ほ》づたう涙こぼれぬように

楽しいときは「丘を越えて」歩こう
　晴れわたる真澄《ますみ》の空のもとを

青天の霹靂《へきれき》にも似たるマイルスの
　耳をつんざく高速の楽句《パッセージ》

抒情的《リリカル》なエヴァンスのピアノ時となく
　尽きざる詩趣《ポエジー》をわれに与えし

やれ渋いやれ泥臭《ファンキー》いと言うなかれ
　黒人ブルース聴きたき日もあり

ジャズの帝王マイルス・デイヴィス

新しき背広に腕をとおす日は
何とはなしにシャンソンかけたし

冬に聴く寒《かん》ふきとばす夏の歌
さあ波に乗れ海浜少年《ビーチボーイズ》

今はなきロック歌手しのび久々に
心ゆさぶる咆哮歌《シャウトソング》きく

今日もまた心の琴線《きんせん》にふれる音
聴けばさやかに夜はふけゆく

J・ヘンドリックス「紫のけむり」

〔将棋盤〕

古書店が軒をならべる神保町《じんぼうちょう》
やややこれは珍本買わねばなるまい

そそくさと家路たどれば南無三宝
同じ書物がわが家にありて

またしても糠《ぬか》のよろこび二重買い
間抜けのまの字ここに極まれり

東京千代田区

かこち顔の吾《あ》のかたわらで呆れつつ
　妻のいましめ「積《つ》ん読じゃないの」

トーマスマン日記の年号ちがいなんだよ
　言い訳するも内儀《かみ》さん風呂へ

湯あがりの黒髪の頭《こうべ》もうもうと
　活火山のごと白煙を立てり

さしぐみに静寂《しじま》をやぶる女声
　「きゃあ何か黒いもの走った」と

何ごとぞ厨《くりや》の板場うち見れば
　醤《かじ》じられし南瓜《かぼちゃ》二つ三つまろびつ

大学の跡地より出《い》でし鼠《ねずみ》らが
　驚かざらんやわが家に入《い》るとは

おお鼠世《よ》にもいぶせき生き物よ
　わが安らぎを醤りに来しや

これまでにかほどの狼藉なかるべし
　飼い猫おりし十七年間は

すまし顔の三毛猫みいちゃん偉かったのう
返すがえすも惜しまれてならぬ

鼠らに警告しておくこれからは
マヨネーズの罠で不寝《ねず》の番すると

＊

気ばらしに今日は将棋でも差しにいこう
雑念はらう寛《くつろ》ぎもとめて

高架下の将棋道場木づくりの
戸口あければ駒音《こまおと》たかし

榧《かや》の木の盤の向こうに控えるは
巨漢のあばた三段の猛者《もさ》ぞ

矢倉《やぐら》でいくか振り飛車かえいままよ
緊張の初手七六歩うつ

五四歩さだめなき中盤の押し合い
敵陣やぶる好手なるかも

盤上はさながら関ヶ原《せきがはら》の戦い
逃げまどう敵将三成《みつなり》のごとし

西軍の将・石田三成

ありふれた遊戯《ゲーム》よりなお興ありて
　無言のやりとり決断の一手

八十一の枡目《ますめ》のなかの小宇宙
　山あり谷あり人生にぞ似たる

押せば引け這いずりまわる駒々は
　渡世のあれこれ想起せしめたり

〔新年会〕

二重《ふたえ》三重《みえ》しんしんと冷える冬の朝
　息子の残せし靴下を履く

晴れやかな人となれかし晴人《はるひと》と
　名づく息子は三十路《みそじ》となりぬ

かおり立つ人なれかしと香織《かおり》とふ
　娘の襟より出づる芳香

年の瀬の東京駅の午前九時
　絶えなくうねる帰省の人波

澄みわたる東のかなた筑波嶺《つくばね》を
　見つつ列車は北へと向かう

「はやぶさ」のもう速きこと速きこと
　「はつかり」に比し隔世の感あり

在来線の特急「はつかり」

新年会あの人この人眷属《けんぞく》が
　つどいて交わす年賀のあいさつ

震災の悪《あ》しき思い出語るとも
新築なりて安堵《あんど》の人あり

うちつけに建築ブーム到来し
多忙かこつも嬉《うれ》しげの人あり

積もる話に酒杯《はい》かさねいつしか
時計の針は十二を越えぬ

朝日あび庭にしげれる黒松の
枝刈りに励む「明日《あした》」のために

この松を愛《め》でし育てしわが義父は
　震災の余波で鬼籍に入りき

松刈りの汗をぬぐいて空みれば
　湾頭の山に瑞雲《よきくも》かかれり

紙きれの所《ところ》番地を手がかりに
　知己《ちき》たずねるも其《そ》処には住まわじ

地元紙の訃《ふ》報欄《ほうらん》みゆその中に
　なつかしき人の名あるを知る

幼き日わが楽園たりし蜂ケ沢《ばちがさわ》
今ではぼうぼうの藪原《やぶはら》と化せり

そのかみは翔《か》け鳥あまた木伝《こづた》うも
今や枯木に寒鴉《かんあ》みるのみ

ふるさとは帰省のたびごと変わりゆく
人の姿も辻の姿も

わが町よ変わらば変われ意のままに
それが天意に沿うものならば

岩手県宮古市近郊の渓谷

移ろいを嘆きはすまじ明け暮れに
心のうちに故郷《ふるさと》はあり

あらたまの年の初めの光うけ
風車《かざぐるま》は今日もくるくる回る

あとがき

いよいよ、私にとっての第二歌集『季節はめぐる風車』が刊行される運びとなった。昨秋以来ずっとこの原稿作成にかかりきりになっていただけに、その軛《くびき》から解放されるということで安堵の感はひとしおである。今にしも、こうして一冊の本として形をなしてきたことが実感され、あたかもなじみの神社で正月の初詣でを済ませてきたときのような、すっきりした気分に包まれている。単行本としては四冊目ということになるが、そのいずれにもそれぞれ思い入れがあり、どの本がいちばん愛着があるかと聞かれても「これこれだ」と即答することは難しいが——例えば、四人の子持ちの母親に「どの子がいちぱんかわいいか」と聞いても、彼女から即答を得られることが難しいように——、時間的にもっとも接近しているという意味では、やはりこの第二歌集『季節はめぐる風車』に対する思い入れが、今の時点ではいちばん深いように思われる。

これで第一歌集と第二歌集であわせて、私は約千首の歌をつくったことになるが、だからといって胸を張って「われ歌人なり」と名乗ることができるだろうか。仮定の話であるが、私がどこか外国旅行に出かけたとして、そこでたまたま出くわしたフランス人から「あなたは何者か（Qu'avez vous?）」と聞かれたとき、おぼつかないフランス語で「私は日本男子だ（Je suis un Japonais）」と答えることはできても、「われ歌人なり（Un poete lyrique de Tanka）」とはとても言えないような気がする。では歌人と名乗ることができる要件とは、いったい何だろうか。案外これは簡単そうで簡単ではない問いかけである。

とりあえず、①つくった歌が二千首を越えたとき、②どこかの短歌結社に加入したとき、③刊行した歌集が一定の評価を得たとき、と要件を設定してみる。まず①については、たとえ二千首を越えても、ほとんどが駄作である場合は歌人とはいえないだろう。②単に結社に加入しただけでは、だれも歌人とは認めないだろう。③については、これは間違いなく歌人を名乗る要件を満たしていると思われる。そうしてみると、今の私はこの三つのケースのいずれにも該当していないので、やはり歌人と名乗ることはできそうもないという結論になる。

こうした結論を得てしばし萎えそうな気分となるが、考えてみれば歌人であるかどうかは、ある意味では二次的なことであって、肝心なのは倦《う》まず弛《たゆ》まず歌づくりを続けることであろう。どれだけ説得力のある歌を紡ぎだすことができるか、ポイントはこの点に尽きる。囲碁や将棋の世界とちがって、歌壇には、はっきりした段位＝称号の規定などないのだから……。わが敬愛する歌人・若山牧水は、自著のなかで次のような言葉を残している。「人生は旅である。我等は忽然として無窮より生れ、忽然として無窮の奥に往《い》ってしまふ。その間の一歩一歩の歩みは、実にその時のみの一歩一歩で、一度往《ひとたびい》いては再びかへらない。私は私の歌を以て、私の旅の一歩一歩のひびきであると思ひなしている。言ひ換へれば私の歌は、その時々の私の生命の破片である」と。

そう、この生命の破片というフレーズに注目したい。これは生の躍動とも言い換えることもできよう。すなわち生の躍動がうまく歌として表現されていると感じたとき、人々は惜しみなく、その詠み手に対して歌人の称号を与えることになるのではないか。それ以上でもそれ以下でもない。たとえ作歌数が二千首に届かなくても、結社に属していなくても、それがただちに関係あるとはしない。人々をして共感せしめる生き生きとした歌をつくったとき、そこにひとりの歌人が誕生するということでなければならないだろう。

それにしても言うは易く行うは難し。歌づくりにおいて、まだまだ私はみずからの力不足を感じている。本書の「はじめに」でも書いたように、技量が少しずつ上がってきているのかなという自覚はあるけれども、やればやるほど深みが見えてくるという、まるで「底ひも知らぬ深海《ふかうみ》」(ボードレールの言葉)であって、いまだ開発途上にあるのは間違いあるまい。これからも諸賢よりの鼓舞や叱声をうけ、歌のあゆみを進めていきたいと考えている次第である。

＊

最後になりますが、本書の刊行にあたっては、本造りの全般にわたって東洋出版の秋元麻希氏に大変お世話になりました。また原稿作成の過程を含めてこれまでの日々において、私の人生の同行者である藤原孝子氏、そして学生時代からの畏友・北沢邦夫氏および山田勝彦氏、さらには渡辺拓郎氏・佐々木美由紀氏をはじめとする高校時代以来の旧友の皆さんから、陰に日に貴重な助言と支援をいただきました。各位に対しまして、ここに厚く御礼申し上げます。

つきあいの日《け》長き友にあらばこそ荒《すさ》ぶ言葉にも喜びふかし

平成二十七年十月二十一日　　藤原和夫

著者略歴

藤原 和夫

昭和24年（1949年）、岩手県宮古市生まれ。東京都立大学人文学部史学科卒業。出版社の編集者、高校教師（世界史）を経て、現在は著述に専念。著書『追想のツヴァイク――灼熱と遍歴（青春編）』（東洋出版、2008年）、訳書『ツヴァイク日記』（東洋出版、2012年）、『歌集／道すがらの風景』（東洋出版、2014年）。

季節《きせつ》はめぐる風車《かざぐるま》

発行日　2015年12月29日　第1刷発行

著者　藤原和夫（ふじわら・かずお）

発行者　田辺修三
発行所　東洋出版株式会社
〒112-0014　東京都文京区関口1-23-6
電話　03-5261-1004（代）　振替　00110-2-175030
http://www.toyo-shuppan.com/

担当　秋元麻希

印刷・製本　日本ハイコム株式会社（担当：所隆志）

ISBN 978-4-8096-7819-6　定価はカバーに表示してあります

ISO14001 取得工場で印刷しました